AF542598

(SCHILLER)

ET

LÉNORE

(BÜRGER)

TRADUITS EN VERS ÉQUIMÉTRIQUES ET ÉQUIRYTHMIQUES

PAR

ÉDOUARD PESCH

PRÉFACE DE M. L. DE FOURCAUD

PARIS
W. HINRICHSEN, ÉDITEUR
22, RUE DE VERNEUIL, 22
1891

LE

CHANT DE LA CLOCHE

(Das Lied von der Glocke)

LÉNORE

OUVRAGES DU MÊME AUTEUR :

Metz la Pucelle, poème (plaquette in-8°, Metz, 1861), épuisé.

Les Violettes, poésies diverses (volume in-12, Metz, 1862), épuisé.

Hégésippe et Louise, poème social (fort volume grand in-8° jésus, Paris, 1870).......... 2 fr. 50
(*Chez l'auteur*, 21, *rue Lamartine*)

EN PRÉPARATION :

Rédemption, drame social, en cinq actes, en vers.

Le Piège, comédie en deux actes, en prose.

Les Deux Larmes (*Strophes automnales*), poème dramatico-naturaliste.

Il a été tiré de cet ouvrage 50 *exemplaires numérotés à la presse, sur papier Hollande, à* 3 *francs.*

LE

CHANT DE LA CLOCHE

(SCHILLER)

ET

LÉNORE

(BÜRGER)

TRADUITS EN VERS ÉQUIMÉTRIQUES ET ÉQUIRYTHMIQUES

PAR

ÉDOUARD PESCH

PRÉFACE DE M. L. DE FOURCAUD

PARIS
W. HINRICHSEN, ÉDITEUR
22, RUE DE VERNEUIL, 22
1891

PRÉFACE

A M. Édouard PESCH, traducteur du CHANT DE LA CLOCHE et de la ballade de LÉNORE.

Monsieur,

Vous avez bien voulu me communiquer vos traductions en vers français du Chant de la Cloche, *de Schiller, et de la ballade de* Lénore, *de Bürger, et vous désirez avoir mon sentiment sur votre double entreprise et, principalement, à ce qu'il me semble, sur votre méthode de traducteur. Je vais essayer de vous répondre. Il faudrait, par malheur, un grand loisir pour épuiser le sujet qui vous est à cœur. Ne l'ayant point, je cours au nécessaire. En quel esprit, selon quels principes convient-il de traduire les œuvres des poètes? Question petite et bien simple en apparence, mais qui a vingt fois soulevé des tempêtes dans le monde de l'érudition.*

Il y a deux sortes de traducteurs : ceux qui vulgarisent et ceux qui descendent, amoureusement, au profond des œuvres. Les premiers — de beaucoup les plus nombreux — estiment suffisant de rendre le sens précis des mots, le mouvement général des conceptions, sans tenir un compte scrupuleux du génie des langues, de l'expressive et chargeante particularité des rythmes, de l'ondoiement, infiniment divers, des cadences. On discerne, en toute poésie, deux éléments distincts et qui tendent à s'identifier : l'image et la musique. Les vulgarisateurs dépouillent l'image de la musique et n'ont plus, dès lors, qu'un vague et froid argument du poème original, un programme, un cadavre. La prose leur est bonne à travestir également les plus beaux vers, quelles que soient leur trame et leur métrique, qu'ils se groupent en strophes, se distribuent en dialogues ou s'enchaînent en récits. A mettre leur copie en face du modèle, on reconnaît immédiatement la vanité de leur travail.

Ils ont respecté la lettre du texte; ils ont opposé phrase à phrase et page à page; la donnée littéraire subsiste; le ressort esthétique de l'œuvre est brisé. Je ne dis pas qu'ils aient fait besogne inutile pour le commun des hommes; j'affirme qu'ils sont restés en dehors des véritables conditions de l'art. Imaginez une symphonie dénudée de son orchestration ou un tableau de maître dont la photographie a fixé les contours en renversant toutes les valeurs.

Les autres, à tous égards plus judicieux et de goût meilleur, n'admettent pas qu'on traduise des vers autrement que par des vers. Lorsqu'un poète a équilibré des vocables d'une certaine façon, c'est, apparemment, en vue d'impressionner ses lecteurs d'une certaine manière. L'artiste précipite ou retient ses adjectifs et ses substantifs, les associe doucement ou les jette les uns contre les autres, en tire des clartés et des sonorités comme on arrache à deux cailloux entrechoqués un bruit et des étincelles, les fait mélancoliques, ou gais, ou graves, à son commandement, les fluidifie comme de l'eau, les forge comme du métal, les sertit comme des diamants, les pétrit comme de la cire, les tisse comme de la dentelle. Son style a cette vie ner-

veuse, toute en suggestions, qui résulte de la sensibilité des paroles au contact des idées. Rien n'est abandonné au hasard: partant, tout a son rôle et son importance. Modifiez les détails, la physionomie en reste altérée. Brouillez les nuances, les sensations se dénaturent. Négligez un accent, vous rompez la subtile harmonie par laquelle les signifiances se prolongent. De là, pour les traducteurs sincèrement artistes, la loi de ne jamais plier à la prose un poème qui doit au vers son rayonnement et sa magie. Le vers seul fraternise avec le vers et lui répond, d'une littérature à l'autre, se prêtant aux intimités de chaque poésie et en propageant l'émotion.

Telle est votre opinion, monsieur, je le constate avec plaisir. Mais vous allez plus loin encore : vous voulez que la traduction soit au poème étranger ce que le moulage est à la statue, une reproduction d'identité. C'est pourquoi, ayant choisi deux pièces lyriques fameuses entre toutes dans le répertoire allemand, le Chant de la Cloche *et la ballade de* Lénore, *il vous a plu de les faire passer en français comme d'une coulée. De combien de difficultés se hérissait votre tâche! Rien ne manque : les raccourcis philosophiques, les sous-entendus, les rythmes mobiles, les effets plastiques, les progressions sonores, les onomatopées, les bizarreries. Vous vous êtes acharné à tout transporter dans notre idiome, infatigable à marteler vos rythmes sur les propres rythmes de Schiller et de Bürger, ne vous arrêtant jamais que vous n'eussiez ménagé des pondérations de syllabes équivalant aux agencements de longues et de brèves de la langue d'outre-Rhin. D'une cloche germanique vous avez fait sortir, à l'aide d'un battant français, des vibrations françaises et qui, néanmoins, nous évoquent le son primitif. La tentative était curieuse en soi et l'issue en est méritoire.*

Que s'il vous convient de vous tourner avec moi vers le lointain passé, nous y trouverons des choses faites pour vous intéresser et vous toucher peut-être. Vous avez eu des aïeux notables, au temps de la Renaissance, dans l'art de la traduction. Les philosophes ont fort à dire sur cette époque; les hommes de lettres lui doivent cette justice qu'elle a fait de nos dialectes des instruments merveilleux. L'originalité n'y courait pas les rues; je ne sais si nous avons progressé à ce point de vue... En revanche, la soif de savoir y était ardente et cherchait à s'abreuver, surtout, aux sources antiques. Cette *fièvre littéraire ne nous valut pas seulement des éditions grecques et latines, mais aussi des traductions en nombre des anciens auteurs. Au XVe et au XVIe siècle, Homère fut traduit je ne sais combien de fois par Octavien de Saint-Gelais, par Amadis Jamayn, par Salomon Cerfon et d'autres que j'oublie; Horace eut une version française de la main de Jacques Pelletier; Ovide, d'Albin des Avenelles et d'André Delavigne; Virgile, Térence... que sais-je? Ces versions d'œuvres poétiques, généralement rédigées en vers, n'étaient pas des chefs-d'œuvre. On en voyait même où le texte authentique entrait pour une faible part; seulement, les recherches d'assimilation et d'interprétation en distinguaient extraordinairement un certain nombre. Un des législateurs du Parnasse d'alors, Thomas Sibilet, l'auteur d'un* Art poétique *qui avait son prix, s'épouvantait presque de l'empressement de ses contemporains à tout traduire : « La version, dit-il, est aujourd'hui le poème le plus fréquent et le mieux reçu des estimés poètes et des doctes lecteurs..... Les poètes,* famés savants, *aiment mieux suivre, en traduisant, la trace approuvée de tant d'âges et de bons esprits que de produire de leur fonds. » Il est certain que le goût de l'érudition, vraie ou* *factice, débordait toute chose et paralysait nos facultés créatrices, si puissamment développées au Moyen Age. Mais, d'autre part, la langue de nos ancêtres, rigide, rebelle au parler d'art, s'assouplissait, se disciplinait, s'affinait en ces exercices d'adaptation, et c'est justement ce que maître Sibilet ne savait point voir.*

*Or, c'est à cette observation que j'en veux venir, et c'est ici le trait que je vous recommande. Si beaucoup se bornaient à imiter les antiques poèmes en vers prosodiés à la manière ordinaire, quelques-uns eurent l'idée, pour être plus précis, d'adapter le français aux mètres latins et grecs. Agrippa d'Aubigné a eu entre les mains une version de l'*Iliade *et de l'*Odyssée *travaillée d'après ce système par un certain Mousset, qui l'avait fait imprimer. Baïf, que l'on connaît davantage, a traité de même les* Jours *d'Hésiode. Il y a eu, autour de ce maître, des essais du même genre assez divers et très nombreux. Feuilletez les recueils du XVI*e *siècle, vous y suivrez à la trace une singulière tentative de révolution prosodique. Notre versification se base sur le nombre des syllabes, sur le rythme et sur la rime, non sur des valeurs de quantité. Qui l'a voulu ainsi? Le génie de la* *langue, le goût immémorial de la nation. Voici, toutefois, qu'on veut absolument retrouver dans nos mots toutes les combinaisons classiques des brèves et des longues, tous les pieds de la versification des anciens : le trochée, l'ïambe, le spondée, le pyrrhique, le dactyle, l'anapeste, le molosse, et le tribraque, et l'amphibraque, et le bacche, et l'antibacche, et l'amphimacre... C'est à frémir ! Baïf fonde même une sorte d'Académie poético-musicale chargée de remettre en honneur, tant dans la poésie que dans la musique, les mesures et règlements « usités par les Grecs et Romains ». Vous voyez que nos traditions nationales sont l'objet d'un siège en règle. On consent bien, à la vérité, à souffrir la rime en certains cas, mais, entre nous, l'on n'y tient qu'à demi.*

Et savez-vous pourquoi nos traditions n'ont point capitulé? Uniquement parce que la décomposition de nos vocables en pieds métriques est arbitraire; qu'il y faut un continuel raisonnement et que le vers ne s'accommode pas des valeurs de quantité non immédiatement et instinctivement saisies par l'oreille. Vous abolissez le pied syllabique dont nous avons le secret; vous le remplacez par un pied de plusieurs syllabes, conventionnellement classées; par surcroît, vous substituez à nos rythmes familiers des rythmes de pur artifice. Votre poésie ne chante plus pour nous. Nous ne comprenons plus ce que vous voulez nous dire. L'ordonnance que vous êtes conduit à donner à vos phrases achève de nous dérouter. Laissez-nous tranquilles avec vos Romains et vos Grecs! Ces gens ne sont point d'ici. Jamais personne, par exemple, ne nous fera accepter comme vers français les trois lignes suivantes, « dactyliques héroïques hexamètres », du vieux Baïf, dans sa traduction d'Hésiode :

Les jours par Jupiter observant comme l'on doit
Enseigne les servants que le jour trentième du mois vaut
Pour la besogne revoir comme pour la pitance départir...

Mais, fort heureusement, monsieur, nous n'en sommes plus à ces folies. A quoi bon les deplorer? Mieux vaudrait en rire, en scandant de tels alignements de mots sur le mode antique, ainsi qu'on les prétend écrits :

Pōur lă bĕ | sōgnĕ rĕ | vōir cŏmmĕ | pōur lă pĭ | tāncĕ dĕ | pārtīr.

Au surplus, la poésie, sous la sauvegarde du bon sens public, n'en a couru aucun danger, et nous préférons nous souvenir, en fin de compte, du résultat de toutes ces expériences pour l'avancement et l'affinement de l'idiome français. S'est-elle assez assouplie, assez élargie, cette admirable langue, en restant elle-même, c'est-à-dire nette, solide et d'une transparence de cristal! Vous avez prouvé, quant à vous, en traduisant le Chant de la Cloche *et* Lénore, *qu'elle est même susceptible de se couler exactement dans un moule germain, et de nous donner, d'une œuvre d'art germanique, une fidèle contre-épreuve.*

Nous n'avons pas, comme les Allemands, un arsenal complet de mesures prosodiques. Nous n'avons à notre disposition que des sonorités, mais si variées, si riches, si puissantes ou si légères, qu'elles peuvent suppléer à tout. Vous êtes arrivé, par leur secours, monsieur, sans infliger de démenti à nos règles naturelles, sans violenter le génie de nos traditions, à lutter avec les originaux de Schiller et de Bürger pour les impressions métriques et rythmiques. Votre méthode est si ingénieusement appliquée qu'elle fait illusion. A tout le moins trouvera-t-on grand avantage à l'appliquer à la traduction des poèmes étrangers de ciselure fine, toutes les fois que les principes de versification ne seront point contradictoires. Gardez-la surtout d'exagération et de vain doctrinarisme. Vous rendrez service aux Écoles, et ce n'est pas là, que je sache, une récompense à dédaigner.

Croyez, monsieur, à ma parfaite considération.

L. DE FOURCAUD.

Paris, 16 octobre 1890.

LE

CHANT DE LA CLOCHE

(Schiller)

Traduction en vers équimétriques et équirythmiques.

DAS

Lied von der Glocke

Vivos voco. Mortuos plango.
Fulgura frango.

I

Fest gemauert in der Erden,
Steht die Form, aus Lehm gebrannt:
Heute muss die Glocke werden!
Frisch, Gesellen, seid zur Hand!
Von der Stirne heiss,
Rinnen muss der Schweiss,
Soll das Werk den Meister loben,
Doch der Segen kommt von Oben.

Zum Werke, dass wir ernst bereiten,
Geziemt sich wohl ein ernstes Wort;
Wenn gute Reden sie begleiten,
Dann fliesst die Arbeit munter fort.
So lasst uns jetzt mit Fleiss betrachten,
Was durch die schwache Kraft entspringt;
Den schlechten Mann muss man verachten,
Der nie bedacht was er vollbringt.
Das ist's ja, was den Menschen zieret,
Und dazu ward ihm der Verstand,
Dass er im innern Herzen spüret
Was er erschafft mit seiner Hand.

LE

Chant de la Cloche

Vivos voco. Mortuos plango.
Fulgura frango.

I

Enchâssé comme une roche
Dans le sol, le moule attend :
Holà donc! fondons la cloche,
Compagnons, voici l'instant!
Haut le cœur! Courage!
Suons, faisons rage,
Et qu'une œuvre sans défaut
Naisse, s'il plaît au Très-Haut!

A notre tâche auguste et grave
Conviennent bien les fiers pensers,
Et tout travail va sans entrave
Où règnent les propos sensés.
Or, méditons au fond de l'âme
Sur l'humble effort au grand effet :
Honni soit l'ouvrier infâme
Qui fait sans cœur le peu qu'il fait!
Quel est l'honneur de notre race,
Le but de notre esprit humain?
C'est qu'en son for chacun se trace
La tâche imposée à sa main.

II

Nehmet Holz vom Fichtenstamme,
Doch recht trocken lasst es sein,
Dass die eingepresste Flamme
Schlage zu dem Schwalch hinein!
  Kocht des Kupfers Brei,
  Schnell das Zinn herbei,
Dass die zähe Glockenspeise
Fliesse nach der rechten Weise!

Was in des Dammes tiefer Grube
Die Hand mit Feuers Hilfe baut,
Hoch auf des Thurmes Glockenstube,
Da wird es von uns zeugen laut.
Noch dauern wird's in späten Tagen
Und rühren vieler Menschen Ohr,
Und wird mit dem Betrübten klagen
Und stimmen zu der Andacht Chor.
Was unten tief dem Erdensohne
Das wechselnde Verhängniss bringt,
Das schlägt an die metalne Krone,
Die es erbaulich weiter klingt.

III

Weisse Blasen seh' ich springen;
Wohl! die Massen sind im Fluss.
Lasst's mit Aschensalz durchdringen:
Das befördert schnell den Guss.
  Auch von Schaume rein
  Muss die Mischung sein,
Dass vom reinlichen Metalle
Rein und voll die Stimme schalle!

Denn mit der Freude Feierklange
Begrüsst sie das geliebte Kind

II

C'est le tronc du pin qui donne,
Bien séché, l'ardent tison,
Et son feu flambant rayonne,
Dévorant, en sa prison.
Veillez ! quand le cuivre
Bout, l'étain doit suivre :
Ainsi l'alliage gras
Coulera sans embarras.

Ce qu'en la fosse étroite et noire
La main construit avec le feu
Témoignera de notre gloire
Du haut de son domaine bleu.
Ce bronze vivra d'âge en âge
Et charmera bien des humains,
Qu'il mêle aux larmes son langage
Ou scande les cantiques saints.
Les sorts divers qu'en bas ordonne,
Pour les mortels, le Tout-Puissant
Feront vibrer dans la couronne
Un écho clair et saisissant.

III

Mais je vois des bulles naître :
C'est la masse en fusion.
Que la soude la pénètre,
Stimulant l'éclosion !
Purgez bien la fonte,
Si l'écume y monte,
Pour qu'au métal affiné
Un son pur, plein, reste inné.

Car c'est d'un carillon de fête
Qu'il salûra l'enfant charmant,

Auf seines Lebens erstem Gange
Den es in Schlafes Arm beginnt.
Ihm ruhen noch im Zeitenschosse
Die schwarzen und die heitern Loose ;
Der Mutterliebe zarte Sorgen
Bewachen seinen goldnen Morgen —
Die Jahre fliehen pfeilgeschwind !
Vom Mädchen reisst sich stolz der Knabe,
Er stürmt ins Leben wild hinaus,
Durchmisst die Welt am Wanderstabe,
Fremd kehrt er heim ins Vaterhaus.
Und herrlich, in der Jugend Prangen,
Wie ein Gebild aus Himmelshöhn,
Mit züchtigen, verschämten Wangen,
Sieht er die Jungfrau vor sich stehn.
Da fasst ein namenloses Sehnen
Des Jünglings Herz, er irrt allein,
Aus seinen Augen brechen Thränen,
Er flieht der Brüder wilden Reih'n.
Erröthend folgt er ihren Spuren
Und ist von ihrem Gruss beglückt ;
Das Schönste sucht er auf den Fluren,
Womit er seine Liebe schmückt.
O zarte Sehnsucht, süsses Hoffen !
Der ersten Liebe goldne Zeit !
Das Auge sieht den Himmel offen,
Es schwelgt das Herz in Seligkeit !
O, dass sie ewig grünen bliebe,
Die schöne Zeit der jungen Liebe !

IV

Wie sich schon die Pfeifen bräunen !
Dieses Stäbchen tauch' ich ein :
Sehn wir's überglast erscheinen,
Wird's zum Gusse zeitig sein.

Lorsqu'au baptême qui s'apprête
On l'offrira rose et dormant.
Ton voile, ô Temps, lui cèle encore
Ses lots divers, bonheurs, besoins,
Et sur sa radieuse aurore
Veille une mère aux tendres soins.
Les ans s'enfuient, l'enfance passe. .
Jeune homme, il part, à lui l'espace!
Sa mie en vain l'a retenu;
Il court le monde, apprend, se lasse...
Puis rentre et semble un inconnu.
Et, dans sa beauté ravissante,
Comme un mirage au fond des cieux.
Le front pudique, rougissante,
La vierge est là, devant ses yeux...
Soudain son cœur s'emplit d'alarmes
Sans nom; il va, les pas fuyants,
Répandre des torrents de larmes,
Seul, loin des frères trop bruyants.
Emu, timide, il suit l'idole,
Dont un sourire le ravit;
Il cueille aux champs la fleur, symbole
Du cher amour qui l'asservit.
O tendre peine, douce attente,
Premier amour, moment divin!
L'œil voit s'ouvrir un ciel sans fin
Et dans le cœur l'extase chante.
Ah! puisse rester toujours tel
Le jeune amour, être immortel!...

IV

Comme les tuyaux brunissent!
Vite un bâton dans le flot:
Si les masses le vernissent,
Nous pourrons couler bientôt.

Jetzt, Gesellen, frisch!
Prüft mir das Gemisch,
Ob das Spröde mit dem Weichen
Sich vereint zum guten Zeichen.

Denn wo das Strenge mit dem Zarten,
Wo Starkes sich und Mildes paarten,
Da gibt es einen guten Klang.
Drum prüfe, wer sich ewig bindet,
Ob sich das Herz zum Herzen findet :
Der Wahn ist kurz, die Reu' ist lang!
Lieblich in der Bräute Locken
Spielt der jungfräuliche Kranz,
Wenn die hellen Kirchenglocken
Laden zu des Festes Glanz.
Ach! des Lebens schönste Feier
Endigt auch den Lebensmai :
Mit dem Gürtel, mit dem Schleier
Reisst der schöne Wahn entzwei.
Die Leidenschaft flieht,
Die Liebe muss bleiben;
Die Blume verblüht,
Die Frucht muss treiben.
Der Mann muss hinaus
Ins feindliche Leben,
Muss wirken und streben,
Und pflanzen und schaffen,
Erlisten, erraffen,
Muss wetten und wagen,
Das Glück zu erjagen.
Da strömet herbei die unendliche Gabe,
Es füllt sich der Speicher mit köstlicher Habe,
Die Räume wachsen, es dehnt sich das Haus.

Und drinnen waltet
Die züchtige Hausfrau,

Compagnons, alerte!
Une épreuve experte :
Cuivre sec, ductile étain,
Forment-ils un tout certain?

Où le rigide est près du souple,
Où force à douce humeur s'accouple,
S'obtient l'harmonieux accord;
Donc qui se lie à jamais craigne
Que l'un ou l'autre cœur ne saigne.
Après court rêve, long remord!
Comme aux blanches fiancées
Sied le bandeau virginal,
Quand les cloches balancées
Donnent leur joyeux signal!
Las! le plus beau jour sur terre
Clôt aussi l'avril humain :
Plus de voile; adieu, mystère,
Douce erreur sans lendemain!
L'ivresse se lasse :
L'amour doit fleurir;
La fraîche fleur passe:
Le fruit doit mûrir.
La vie inclémente
Appelle l'époux :
Il faut que, jaloux,
Il crée, ose, plante,
Qu'il sache amasser,
Ruser, pourchasser
Partout la fortune.
Alors afflûront, de l'aube à la brune,
Les riches moissons qu'un grenier attend;
L'espace grandit, la maison s'étend.

Au dedans gère
L'honnête ménagère

Die Mutter der Kinder,
Und herrschet weise
Im häuslichen Kreise,
Und lehret die Mädchen
Und wehret den Knaben,
Und reget ohn' Ende
Die fleissigen Hände,
Und mehrt den Gewinn
Mit ordnendem Sinn,
Und füllet mit Schätzen die duftenden Laden,
Und dreht um die schnurrende Spindel den Faden,
Und sammelt im reinlich geglätteten Schrein
Die schimmernde Wolle, den schneeichten Lein,
Und füget zum Guten den Glanz und den Schimmer,
Und ruhet nimmer.

Und der Vater, mit frohem Blick,
Von des Hauses weitschauendem Giebel,
Ueberzählet sein blühend Glück,
Siehet der Pfosten ragende Bäume
Und der Scheunen gefüllte Räume
Und die Speicher, vom Segen gebogen,
Und des Kornes bewegte Wogen,
Rühmt sich mit stolzem Mund :
« Fest wie der Erde Grund,
« Gegen des Unglücks Macht
« Steht mir des Hauses Pracht! »
Doch mit des Geschickes Mächten
Ist kein ew'ger Bund zu flechten.
Und das Unglück schreitet schnell!

V

Wohl! nun kann der Guss beginnen :
Schön gezacket ist der Bruch.

Aux beaux enfants blonds.
Et, bonne et sage,
Conduit le ménage,
Calmant les garçons,
Donnant des leçons
Aux filles; — sans cesse
Elle use ses mains
A doubler les gains
Par l'ordre et l'adresse;
Remplit le bahut de biens à souhait,
Recouvre de fil l'agile rouet
Et dans la proprette armoire elle empile
La laine aux tons mats, le lin sans apprêt,
Et joint l'agrément, le luxe, à l'utile,
Sans nul arrêt...

D'un regard satisfait, le père,
Du logis dominant les coteaux,
Fait le compte du bien prospère,
Il voit, étayés de puissants poteaux,
Les hangars emplis jusqu'à la faîtière,
Les greniers pleins d'un lourd trésor,
Les seigles mûrs aux vagues d'or,
Et l'orgueilleux se vante :
« Qu'il pleuve, tonne ou vente,
« Mes biens résisteront,
« Ruine, à ton affront! »
Mais le destin ne contracte
Jamais nul durable pacte,
Et le malheur est si prompt!

V

Tout va bien, la fonte est proche :
Chaque pli s'est dentelé.

Doch bevor wir's lassen rinnen,
Betet einen frommen Spruch!
  Stosst den Zapfen aus!
  Gott bewahr' das Haus!
Rauchend in des Henkels Bogen
Schiesst's mit feuerbraunen Wogen.

Wohlthätig ist des Feuers Macht,
Wenn sie der Mensch bezähmt, bewacht,
Und was er bildet, was er schafft,
Das dankt er dieser Himmelskraft;
Doch furchtbar wird die Himmelskraft,
Wenn sie der Fessel sich entrafft,
Einhertritt auf der eignen Spur,
Die freie Tochter der Natur.
  Wehe, wenn sie losgelassen,
  Wachsend ohne Widerstand,
  Durch die volkbelebten Gassen
  Wälzt den ungeheuren Brand!
  Denn die Elemente hassen
  Das Gebild der Menschenhand.
    Aus der Wolke
    Quillt der Segen,
    Strömt der Regen;
  Aus der Wolke, ohne Wahl,
    Zuckt der Strahl.
  Hört ihr's wimmern, hoch vom Thurm!
    Das ist Sturm!
    Roth wie Blut
    Ist der Himmel:
  Das ist nicht des Tages Gluth!
    Welch Getümmel
    Strassen auf!
    Dampf wallt auf!
  Flackernd steigt die Feuersäule;

Mais procédons sans reproche :
Prions!... puis, qu'il soit coulé!
Chassez donc la bonde...
Ah! Dieu nous seconde!
Arc fumant, soudain jaillit
L'onde ardente et fuit son lit.

Le feu puissant produit merveille
Quand on le dompte et le surveille,
Et ce que l'homme crée ou fait
Lui vient de ce divin bienfait.
Mais quel effroi quand la capture
Perfide échappe à sa prison
Et suit sa propre déraison,
La libre enfant de la nature!
Malheur quand digue et paroi
Croulent, que sans résistance
Sur la rue en désarroi
Roule l'incendie intense!
Car les éléments sont faux
Et jalousent nos travaux.
De la nue
Bienvenue,
Tout bien flue;
De la nue, à tout hasard,
L'éclair part...
Au beffroi, quel grand vacarme!
C'est l'alarme!
Rouge-sang,
Le ciel coule :
Tel n'est pas le jour naissant!
Et la foule
Va croissant.
L'air s'enfume;
Rouge, énorme, un jet l'allume.

Durch der Strasse lange Zeile
Wächst es fort mit Windeseile;
Kochend, wie aus Ofens Rachen,
Glühn die Lüfte, Balken krachen,
Pfosten stürzen, Fenster klirren,
Kindern jammern, Mütter irren,
Thiere wimmern
Unter Trümmern.
Alles rennet, rettet, flüchtet;
Taghell ist die Nacht gelichtet.
Durch der Hände lange Kette,
Um die Wette,
Fliegt der Eimer: hoch im Bogen
Spritzen Quellen Wasserwogen.
Heulend kommt der Sturm geflogen,
Der die Flamme brausend sucht.
Prasselnd in die dürre Frucht
Fällt sie, in des Speichers Räume,
In der Sparren dürre Bäume,
Und, als wollte sie im Wehen
Mit sich fort der Erde Wucht
Reissen in gewalt'ger Flucht,
Wächst sie in des Himmels Höhen
Riesengross!
Hoffnungslos
Weicht der Mensch der Götterstärke;
Müssig sieht er seine Werke
Und bewundernd untergehn.

Leergebrannt
Ist die Stätte,
Wilder Stürme raues Bette.
In den öden Fensterhöhlen
Wohnt das Grauen,
Und des Himmels Wolken schauen
Hoch hinein.

Et le fléau, toit à toit,
D'une rue à l'autre croît.
L'atmosphère arde en fournaise ;
Tout s'écroule, éclate en braise :
Poutres, linteaux et vantail ;
Mère, enfants, vont sans demeure;
Le bétail
Brûle et pleure...
Chacun sauve, emporte et fuit ;
Il fait jour en pleine nuit...
Par la chaine bénévole
Des mains vole
L'aide des humides seaux :
L'eau fend l'air, tombe en ruisseaux.
L'ouragan hurlant arrive
Sur la flamme alors plus vive :
Elle atteint en crépitant,
Au grenier, les moissons sèches,
Les chevrons aux mûres flèches ;
Puis, d'un vol exorbitant,
Semble entraîner, à sa suite,
Tout le globe dans sa fuite,
Et dans l'air croît et s'étend
Sans limite !
Consterné,
L'homme cède aux lois divines
Et, vaincu, las, s'est borné
A contempler les ruines.

Noirs, sans fond,
Les murs font
Comme un antre au vent sauvage ;
Aux fenêtres qu'il ravage,
Trous déserts,
Transparait le blanc nuage
Dans les airs.

Einen Blick
Nach dem Grabe
Seiner Habe
Sendet noch der Mensch zurück, —
Greift fröhlich dann zum Wanderstabe :
Was Feuers Wuth ihm auch geraubt,
Ein süsser Trost ist ihm geblieben :
Er zählt die Häupter seiner Lieben,
Und sieh'! ihm fehlt kein theures Haupt.

VI

In die Erd' ist's aufgenommen,
Glücklich ist die Form gefüllt :
Wird's auch schön zu Tage kommen,
Dass es Fleiss und Kunst vergilt ?
Wenn der Guss misslang ?
Wenn die Form zersprang ?
Ach ! vielleicht, indem wir hoffen,
Hat uns Unheil schon getroffen.

Dem dunkeln Schoss der heil'gen Erde
Vertrauen wir der Hände That,
Vertraut der Sämann seine Saat
Und hofft dass sie entkeimen werde
Zum Segen, nach des Himmels Rath.
Noch köstlicheren Samen bergen
Wir trauernd in der Erde Schoss
Und hoffen, dass er aus den Särgen
Erblühen soll zu schönerm Loos.
Von dem Dome,
Schwer und bang,
Tönt die Glocke
Grabgesang.
Ernst begleiten ihre Trauerschläge
Einen Wandrer auf dem letzten Wege.

L'homme adresse
Aux débris
Des abris
Un regard plein de tendresse,
Puis prend son bâton, se redresse :
Quoi que lui prît le feu puissant,
Il garde un doux espoir quand même :
Il cherche et compte ceux qu'il aime,
Et tous sont là, nul n'est absent !

VI

Sous la terre qui le cèle,
Notre moule est bien rempli :
Va-t-il, fruit de l'art, du zèle,
Naître un objet accompli ?
Que la fonte rate,
Que le moule éclate,
Plus d'espoir !... Hélas ! qui sait
Si le mal déjà n'est fait !

Au sol obscur qui les renferme,
Nous confions les flots d'airain;
Le laboureur y met son grain
Et, plein d'espoir, attend qu'il germe
Au gré du Maître souverain.
Mais bien plus noble est la semence
Qu'on glisse, en pleurant, au tombeau
Avec la foi qu'alors commence,
Pour l'âme humaine, un sort plus beau !
Le son tombe
De la tour;
Lent et lourd
Chant de tombe !
Son glas suit un voyageur humain
Gravement sur son dernier chemin...

Ach! die Gattin ist's, die theure,
Ach! es ist die treue Mutter,
Die der schwarze Fürst der Schatten
Wegführt aus dem Arm des Gatten,
Aus der zarten Kinder Schaar,
Die sie blühend ihm gebar,
Die sie an der treuen Brust
Wachsen sah mit Mutterlust...
Ach! des Hauses zarte Bande
Sind gelöst auf immerdar:
Denn sie wohnt im Schattenlande,
Die des Hauses Mutter war;
Denn es fehlt ihr treues Walten,
Ihre Sorge wacht nicht mehr;
An verwaister Stätte schalten,
Wird die Fremde, liebeleer...

VII

Bis die Glocke sich verkühlet,
Lasst die strenge Arbeit ruhn;
Wie im Laub der Vogel spielet,
Mag sich jeder gütlich thun.
 Winkt der Sterne Licht,
 Ledig aller Pflicht,
Hört der Bursch die Vesper schlagen;
Meister muss sich immer plagen.

Munter fördert seine Schritte
Fern im wilden Forst der Wandrer
Nach der lieben Heimathhütte.
Blöckend ziehen heim die Schafe,
  Und der Rinder
Breitgestirnte, glatte Schaaren
  Kommen brüllend
Die gewohnten Ställe füllend.

Las! c'est une épouse chère;
Las! c'est la fidèle mère
Que la mort prit, dans sa fleur,
Au mari fou de douleur,
Aux petits enfants, couvée
Sous ses baisers élevée,
Que son fier et tendre amour
Voyait croître chaque jour!
Ah! ce bonheur éphémère
Est à tout jamais détruit :
Maintenant la douce mère
Dort dans l'éternelle nuit,
Et ses enfants, près de l'âtre,
Pleurent sans nuls soins câlins;
Bientôt viendra la marâtre
Et malheur aux orphelins!

VII

Jusqu'à l'heure où notre ouvrage
Froidira, reposez-vous;
Comme l'oiseau sous l'ombrage,
Que chacun fasse à ses goûts!
  Quand le soir arrive,
  L'ouvrier s'esquive,
Libre du devoir, dispos :
Pour le maitre, nul repos!

Preste, un voyageur chemine
Dans les grands bois assombris
Et regagne sa chaumine.
Les moutons vont aux abris;
    Les génisses,
Fronts étoilés, robes lisses,
    Vont, beuglant,
Aux étables, d'un pas lent.

Schwer herein
Schwankt der Wagen,
Kornbeladen;
Bunt von Farben,
Auf den Garben
Liegt der Kranz,
Und das junge Volk der Schnitter
Fliegt zum Tanz.
Markt und Strasse werden stiller.
Um des Lichts gesell'ge Flamme
Sammeln sich die Hausbewohner,
Und das Stadtthor schliesst sich knarrend.
Schwarz bedecket
Sich die Erde:
Doch den sichern Bürger schrecket
Nicht die Nacht,
Die den Bösen grässlich wecket:
Denn das Auge des Gesetzes wacht.

Heil'ge Ordnung, segenreiche
Himmelstochter, die das Gleiche
Frei und leicht und freudig bindet,
Die der Städte Bau gegründet,
Die herein von den Gefilden
Rief den ungesell'gen Wilden,
Eintrat in der Menschen Hütten,
Sie gewöhnt zu sanften Sitten,
Und das theuerste der Bande
Wob, den Trieb zum Vaterlande!

Tausend fleiss'ge Hände regen,
Helfen sich im muntern Bund,
Und in feurigem Bewegen
Werden alle Kräfte kund.
Meister rührt sich und Geselle
In der Freiheit heil'gem Schutz;

Lourd, branlant,
Le char rentre,
Plein de blé;
Constellé,
Brille au centre
Le bouquet.
Tout faucheur jeune et coquet
Saute, danse.
Rue et marché font silence...
Au logis, quel gai caquet
Près des lampes qu'on apporte!
La barrière clôt sa porte.
Puis s'étend
L'ombre obscure;
Mais le paisible habitant
N'en a cure:
Si le criminel attend,
La loi veille, et son égide est sûre!

Ordre saint, esprit des cieux,
Qui, dans un accord joyeux,
Formes les liens faciles:
Tu fondas les grandes villes.
Y convias, sous tes lois,
Le sauvage, loin des bois,
Le sevras d'idolâtrie,
L'animas de douces mœurs,
Et dans les plus humbles cœurs
Mis l'amour de la patrie!

Mille actives mains, s'aidant,
Ont uni courage et zèle;
Dans ce mouvement ardent,
Chaque force se révèle.
Sous ta garde, ô liberté,
Maître et compagnons travaillent:

Jeder freut sich seiner Stelle,
Bietet dem Verächter Trutz.
Arbeit ist des Bürgers Zierde,
Segen ist der Mühe Preis:
Ehrt den König seine Würde,
Ehret uns der Hände Fleiss.

Holder Friede,
Süsse Eintracht,
Weilet, weilet,
Freundlich über dieser Stadt!
Möge nie der Tag erscheinen,
Wo des rauen Krieges Horden
Dieses stille Thal durchtoben,
Wo der Himmel,
Den des Abends sanfte Röthe
Lieblich malt,
Von der Dörfer, von der Städte
Wildem Brande schrecklich strahlt!

VIII

Nun zerbrecht mir das Gebäude:
Seine Absicht hat's erfüllt,
Dass sich Herz und Auge weide
An dem wohlgelungnen Bild.
Schwingt den Hammer, schwingt,
Bis der Mantel springt!
Wenn die Glock' soll auferstehen,
Muss die Form in Stücken gehen.

Der Meister kann die Form zerbrechen
Mit weiser Hand, zur rechten Zeit;
Doch wehe, wenn in Flammenbächen
Das glühnde Erz sich selbst befreit!
Blindwüthend, mit des Donners Krachen,

Tous, joyeux, non sans fierté,
Bravent les jaloux qui raillent.
Le labeur, aux citoyens,
Donne gloire et larges biens;
Au roi titre et nom sonore :
Nous, notre œuvre nous honore.

Reste, ô paix!
Concorde aimable,
Plane, stable,
Sur nos chaumes, nos palais!
Que le sort ne nous ménage
Nul jour où guerre et carnage
Dans ce val crieraient leur rage,
Où les cieux,
Que la douce aurore blonde
Seule inonde,
Ardraient aux sinistres feux
Des maisons de nos aïeux!

VIII

Là! vous pouvez sans dommage
Rompre votre moule usé,
Pour qu'à l'œuvre nul hommage
Ne puisse être refusé.
A grands coups de masse,
Brisez la cuirasse :
Que la forme aille en débris,
Car la cloche est à ce prix!

Le maître expert rompt les entraves
Quand l'œuvre est mûre au gré de l'art :
Malheur lorsqu'en torrents de laves
Le rouge airain s'échappe et part!
Effréné, d'un fracas de foudre,

Zersprengt es das geborstne Haus,
Und wie aus offnem Höllenrachen
Speit es Verderben zündend aus.
Wo rohe Kräfte sinnlos walten,
Da kann sich kein Gebild gestalten;
Wenn sich die Völker selbst befrein,
Da kann die Wohlfahrt nicht gedeihn.

Weh, wenn sich in dem Schooss der Städte
Der Feuerzunder still gehäuft,
Das Volk, zerreissend seine Kette,
Zur Eigenhilfe schrecklich greift!
Da zerret an der Glocke Strängen
Der Aufruhr, dass sie heulend schallt
Und, nur geweiht zu Friedensklängen,
Die Losung anstimmt zur Gewalt.
« Freiheit und Gleichheit! » hört man schallen;
Der ruh'ge Bürger greift zur Wehr,
Strassen füllen sich, die Hallen,
Und Würgerbanden ziehn umher.
Da werden Weiber zu Hyänen
Und treiben mit Entsetzen Scherz;
Noch zuckend, mit des Panthers Zähnen,
Zerreissen sie des Feindes Herz.
Nichts Heiliges ist mehr, es lösen
Sich alle Bande frommer Scheu;
Der Gute räumt den Platz dem Bösen,
Und alle Laster walten frei.
Gefährlich ist's den Leu zu wecken,
Verderblich ist des Tigers Zahn;
Jedoch der schrecklichste der Schrecken,
Das ist der Mensch in seinem Wahn.
Weh denen, die dem Ewigblinden
Des Lichtes Himmelsfackel leihn!
Sie strahlt ihm nicht, sie kann nur zünden,
Und äschert Städt' und Länder ein.

Il franchit l'antre crevassé ;
Tout flambe, croule et vole en poudre
Où l'infernal souffle a passé.
Devant la force brute et folle,
L'art créateur tremble et s'étiole ;
Aux champs d'un peuple révolté
Nul fruit heureux n'est récolté.

Malheur lorsqu'au milieu des villes,
Où couvait la rébellion,
Le peuple, las des jougs serviles,
Applique un jour le talion !
L'émeute alors se pend aux cordes
Des cloches, qui se font tocsins,
Et l'instrument de nos concordes
Hurle un appel aux assassins !
« Égaux et libres ! » clame ou hue
La plèbe, et le bourgeois prend peur ;
Sur places et marchés, cohue ;
Des bandits sèment la stupeur.
Des femmes, bourreaux volontaires,
Pour qui l'horrible est jeu plaisant,
Mordront, émules des panthères,
Le cœur de l'ennemi gisant.
Ce qui fut noble et saint s'efface ;
Nul bas instinct n'est plus gêné :
Le bon cède au méchant la place
Et chaque vice est déchaîné.
Le bond du lion est terrible ;
Le croc du tigre est peu clément :
Pourtant le comble de l'horrible,
C'est l'homme en son égarement.
N'armez jamais à l'étourdie
Du feu divin l'aveugle-né :
Sans l'éclairer, il incendie ;
Bourgs, villes, tout est ruiné !

IX

Freude hat mir Gott gegeben!
Sehet! wie ein goldner Stern,
Aus der Hülse, blank und eben,
Schält sich der metallne Kern.
Von dem Helm zum Kranz
Spielt's wie Sonnenglanz.
Auch des Wappens nette Schilder
Loben den erfahrnen Bilder.

Herein! herein!
Gesellen alle, schliesst den Reihen,
Dass wir die Glocke taufend weihen!
Concordia soll ihr Name sein.
Zur Eintracht, zu herzinnigem Vereine
Versammle sie die liebende Gemeine!

Und dies sei fortan ihr Beruf,
Wozu der Meister sie erschuf:
Hoch überm niedern Erdenleben
Soll sie im blauen Himmelszelt,
Die Nachbarin des Donners, schweben
Und grenzen an die Sternenwelt,
Soll eine Stimme sein von oben,
Wie der Gestirne helle Schaar,
Die ihren Schöpfer wandelnd loben
Und führen das bekränzte Jahr.
Nur ewigen und ernsten Dingen
Sei ihr metallner Mund geweiht,
Und stündlich mit den schnellen Schwingen
Berühr' im Fluge sie die Zeit.
Dem Schicksal leihe sie die Zunge;
Selbst herzlos, ohne Mitgefühl,
Begleite sie mit ihrem Schwunge
Des Lebens wechselvolles Spiel.

IX

Sois loué, Dieu que j'invoque !
Comme un astre au feu serein,
Lisse et clair sort de sa coque
Le puissant noyau d'airain.
Entre chef et base,
Un rayon l'embrase ;
Et ces écussons parfaits,
Certe, un maître les a faits.

Que l'on s'approche !
Vous, compagnons, entourez-moi :
On va baptiser cette cloche...
Son nom ? *Concordia*, ma foi !
Que seuls l'accord, l'heureuse paix commune
Soient, par sa voix, prêchés à la commune !

Voici son rôle à l'avenir,
Le maître veut le définir :
Planant sur la vie ordinaire,
Dans l'éther bleu, son logement,
Qu'elle ait, voisine du tonnerre,
Pour seuls confins le firmament !
Sa voix animera la voûte
Avec les astres, dont l'élan
Poursuit une immuable route
Et règle le parcours de l'an.
Aux choses graves, éternelles,
Soit réservé son timbre d'or
Et, d'heure en heure, de ses ailes,
Le Temps l'effleure en son essor !
Qu'au sort ce bronze prête un verbe ;
Privé de cœur, de sentiment,
Qu'il soit pourtant l'écho superbe
De tout terrestre événement :

Und wie der Klang im Ohr vergehet,
Der mächtig tönend ihr entschallt,
So lehre sie, dass nichts bestehet,
Dass alles Irdische verhallt.

X

Jetzo mit der Kraft des Stranges
Wiegt die Glock' mir aus der Gruft.
Dass sie in das Reich des Klanges
Steige, in die Himmelsluft!
  Ziehet! ziehet! hebt!
  Sie bewegt sich, schwebt!
Freude dieser Stadt bedeute,
Friede sei ihr erst Geläute!

Et comme, à peine émis, s'altère
Le son puissant qui nous ravit,
Ainsi nous sachions que sur terre
Tout doit périr, rien ne survit.

X

Maintenant tirez la corde,
Amenez la cloche au jour :
Qu'elle monte, qu'elle aborde
L'air vibrant, son pur séjour !
  Haut ! tirez sans trêve !
  Elle sort, s'élève !
« Joie et paix à ville et champ! »
Dise à tous son premier chant.

LÉNORE

BALLADE FANTASTIQUE

(Bürger)

Traduction en vers équimétriques & équirythmiques.

AVERTISSEMENT

La lune éclaire les halliers...
Hourra ! les morts, quels cavaliers !

Quand meurent coup sur coup plusieurs personnages de marque, les nécrologues ont coutume d'employer une locution consacrée par les dictionnaires : Les morts vont vite ! *Et ils ajoutent :* Comme dans la ballade allemande... *ou :* Comme dit le poète de LENORE.

Pourtant Bürger, dont le nom leur est moins familier que le dicton, n'a jamais entendu se plaindre d'une mortalité anormale. Il parle d'une ombre d'amant qui, dans une *heure (de onze heures à minuit) fait* cent *lieues sur une ombre de cheval, ayant en croupe sa mie Lenore, pour la coucher, seule vivante, dans leur lit nuptial, la tombe.*

J'ai donc essayé, par la fidèle traduction du texte et la scrupuleuse reproduction du rythme (brèves et longues), de rendre tangibles, aux Français, les étranges beautés de ce chef-d'œuvre cité à tout propos et... hors de propos.

L'effet de ce rythme de galop progressif, haletant, vertigineux, qui commence avec la fulgurante chevauchée nocturne, et ne se ralentit qu'aux dernières foulées de Rapp par-dessus les tombes du cimetière, est irrésistible dans le texte allemand; c'est un véritable cauchemar qu'il faut secouer après le brusque arrêt au bord de la fosse béante où va s'abîmer le groupe fantastique.

Puissent ces diverses sensations revivre dans ces pages; puissé-je avoir contribué ainsi à écarter le principal obstacle aux traductions exactes!

LE TRADUCTEUR.

LENORE

Ballade von A. Bürger

in

gleichem Versmaass und Rhythmus in's Franzœsische übersetzt.

Lenore

Lenore fuhr ums Morgenroth
  Empor aus schweren Träumen :
« Bist untreu, Wilhelm, oder todt?
  « Wie lange willst du säumen?
Er war mit König Friedrichs Macht
Gezogen in die Prager Schlacht,
  Und hatte nicht geschrieben
  Ob er gesund geblieben.

Der König und die Kaiserin,
  Des langen Haderns müde,
Erweichten ihren harten Sinn
  Und machten endlich Friede.
Und jedes Heer, mit Sing und Sang,
Mit Paukenschlag und Kling und Klang,
  Geschmückt mit grünen Reisern,
  Zog heim zu seinen Häusern.

Und überall, all überall,
  Auf Wegen und auf Stegen,
Zog Alt und Jung dem Jubelschall
  Der Kommenden entgegen.
« Gottlob! » rief Kind und Gattin laut;
« Willkommen! » manche frohe Braut;
  Ach! aber für Lenoren
  War Gruss und Kuss verloren.

Lénore

Lénore se dressa soudain,
   Vers l'aube, sur sa couche :
« Est-ce la mort ou le dédain,
   « Wilhelm, qui clôt ta bouche ? »
Or Fritz, son roi, l'avait mené
Sous Prague, au combat acharné ;
   Depuis ce jour, la belle
   N'en avait eu nouvelle.

Mais l'Impératrice et le Roi,
   Las d'une longue guerre,
Angoissés de leur désarroi,
   Signaient la paix naguère :
Et chaque armée alors, chantant,
Clairon sonnant, tambour battant,
   De verts rameaux fleurie,
   Regagnait la patrie.

Partout, l'immense flot humain
   Envahit la contrée ;
Tous, jeune et vieux, tendaient la main
   Aux preux à leur rentrée.
« Quel bonheur ! » clamaient femme, enfants ;
Oh ! les fiancés triomphants !
   Hélas ! mais pour Lénore
   Aucun baiser sonore.

Sie frug den Zug wohl auf und ab,
  Und frug nach allen Namen;
Doch Keiner war der Kundschaft gab,
  Von allen so da kamen.
Als nun das Heer vorüber war,
Zerraufte sie ihr Rabenhaar
  Und warf sich hin zur Erde,
  Mit wüthiger Geberde.

Die Mutter lief wohl hin zu ihr:
  « Ach! dass sich Gott erbarme!
« Du trautes Kind, was ist mit dir? »
  Und schloss sie in die Arme.
« — O Mutter, Mutter, hin ist hin!
« Nun fahre Welt und Alles hin!
  « Bei Gott ist kein Erbarmen.
  « O weh, o weh mir Armen!

« — Hilf, Gott, hilf! Sieh uns gnädig an!
  « Kind, bet' ein Vaterunser!
« Was Gott thut, das ist wohl gethan.
  « Gott, Gott erbarmt sich unser!
« — O Mutter, Mutter, eitler Wahn!
« Gott hat an mir nicht wohlgethan!
  « Was half, was half mein Beten?
  « Nun ist's nicht mehr vonnöthen.

« — Hilf, Gott, hilf! Wer den Vater kennt,
  « Der weiss, er hilft den Kindern.
« Das hochgelobte Sacrament
  « Wird deinen Jammer lindern.
« — O Mutter, Mutter, was mich brennt,
« Das lindert mir kein Sacrament!
  « Kein Sacrament mag Leben
  « Den Todten wiedergeben.

Le long des rangs, elle alla bien,
  Disant nom et visage ;
Mais de Wilhelm ne savaient rien
  Ces troupes de passage.
Et quand l'armée eut défilé,
Lénore, front échevelé,
  Les esprits en déroute,
  S'écroula sur la route.

Survint sa mère en grand émoi :
  « — Miséricorde sainte !
« Ma chère enfant, qu'as-tu, dis-moi? »
  Et la tenait étreinte.
« — O mère, point ne m'est rendu
« Mon adoré ; tout est perdu !
  « Le Ciel est sans clémence
  « A mon malheur immense !

« — Seigneur, ayez pitié de nous !...
  « Dis un *Pater*, Lénore.
« Le Ciel, qui veut le bien de tous,
  « Protège qui l'honore...
« — O mère, j'attendrais en vain
« Justice d'un arrêt divin !
  « Prier ! mais j'en suis lasse ;
  « C'est fini, je m'en passe !

« — Qu'il te pardonne !... Ah ! connais mieux
  « Le Père et sa tendresse ;
« Le sacrement mystérieux
  « Va calmer ta détresse...
« — O mère, mère, mon tourment
« N'est calmé par nul sacrement :
  « Quel sacrement peut rendre
  « La vie aux corps en cendre ?

« — Hör, Kind! Wie, wenn der falsche Mann,
« Im fernen Ungerlande,
« Sich seines Glaubens abgethan,
« Zum neuen Ehebande?
« Lass fahren, Kind, sein Herz dahin!
« Er hat es nimmermehr Gewinn:
« Wenn Seel und Leib sich trennen,
« Wird ihn sein Meineid brennen.

« — O Mutter, Mutter, hin ist hin!
« Verloren ist verloren!
« Der Tod, der Tod ist mein Gewinn!
« O wär ich nie geboren!
« Lisch aus, mein Licht, auf ewig aus;
« Stirb hin, stirb hin, in Nacht und Graus!
« Bei Gott ist kein Erbarmen.
« O weh, o weh mir Armen!

« — Hilf, Gott, hilf! Geh nicht in's Gericht
« Mit deinem armen Kinde!
« Sie weiss nicht, was die Zunge spricht;
« Behalt ihr nicht die Sünde!
« Ach! Kind, vergiss dein irdisch Leid,
« Und denk an Gott und Seligkeit:
« So wird doch deiner Seelen
« Der Bräutigam nicht fehlen.

« O Mutter, was ist Seligkeit?
« O Mutter, was ist Hölle?
« Bei ihm, bei ihm ist Seligkeit,
« Und ohne Wilhelm Hölle!
« Lisch aus, mein Licht, auf ewig aus;
« Stirb hin, stirb hin in Nacht und Graus!
« Ohn' ihn mag ich auf Erden,
« Mag dort nicht selig werden! »

« — Enfant, peut-être l'homme faux,
« En Hongrie, à cette heure,
« S'engage en des liens nouveaux,
« Parjure à qui le pleure.
« Oublie, enfant, son souvenir;
« Le Ciel le saura bien punir :
« Après sa mort, sois sûre
« Qu'il paîra son parjure!

— O mère, mère, c'en est fait,
« Je suis abandonnée;
« J'attends la mort comme un bienfait :
« Ne fussé-je oncques née!
« Eteins-toi, flambeau de mes jours,
Rentre aux ténèbres pour toujours :
« Le Ciel est sans clémence
« A mon malheur immense!

— Pitié pour ton enfant, Seigneur;
« Ah! juge-la sans ire!
Sa langue parle et non son cœur :
« Pardonne à son délire!
« Oublie, enfant, ton mal charnel
« Et pense au bonheur éternel :
« Car, à ton âme, il reste
« Un fiancé céleste!

— O mère, qu'est l'Éternité!
« Le Ciel, l'Enfer, qu'importe!
« Wilhelm est ma félicité :
« Sans lui, ma paix est morte...
« Eteins-toi, flambeau de mes jours;
« Rentre aux ténèbres pour toujours :
« Sans lui, je ne réclame
« Rien pour le corps ni l'âme!...

So wüthete Verzweifelung
  Ihr in Gehirn und Adern;
Sie fuhr mit Gottes Vorsehung
  Vermessen fort zu hadern,
Zerschlug den Busen und zerrang
Die Hand bis Sonnenuntergang,
  Bis auf am Himmelsbogen
  Die goldnen Sterne zogen.

Und aussen, horch! ging's trap, trap, trap,
  Als wie von Rosseshufen,
Und klirrend stieg ein Reiter ab
  An des Geländers Stufen.
Und horch! und horch! den Pfortenring
Ganz leise, lose, klinglingling!
  Dann kamen durch die Pforte
  Vernehmlich diese Worte:

« — Holla! holla! thu auf, mein Kind!
  « Schlafst, Liebchen, oder wachst du?
« Wie bist noch gegen mich gesinnt?
  « Und weinest oder lachst du?
« — Ach! Wilhelm, du? so spät bei Nacht?...
« Geweinet hab' ich und gewacht;
  « Ach! grosses Leid erlitten!
  « Wo kommst du hergeritten?

« — Wir sattelten um Mitternacht.
  « Weit ritt ich her von Böhmen;
« Ich habe spät mich aufgemacht
  « Und will dich mit mir nehmen.
« — Ach! Wilhelm, erst herein geschwind!
« Den Hagedorn durchsaust der Wind:
  « Herein in meinen Armen,
  « Herzliebster, zu erwarmen!

Ainsi, dans veines et cerveau,
  Son désespoir fit rage ;
Elle eut, à chaque mot nouveau,
  Pour Dieu nouvel outrage,
Tordit ses bras, meurtrit son sein
Jusqu'à l'heure où le jour prit fin
  Et que le ciel sans voiles
  Se parsema d'étoiles.

Et trap, trap, trap ! on entendit
  Comme un cheval en marche :
Au pied du perron descendit
  Un reître sur la marche.
Il alla droit sonner à l'huis,
Bien bas, bien bas... drelindin !... puis,
  Tout contre cette porte,
  On parla de la sorte :

« — Holà ! fillette, ouvre un moment !
  « Es-tu debout ? couchée ?
« Que penses-tu de ton amant ?
  « Ris-tu ? T'es-tu fâchée ?...
« — C'est toi, Wilhelm !... si tard, ami !...
« J'ai bien pleuré, très peu dormi,
  « Souffert douleur et honte...
  « Mais d'où viens-tu, raconte ?

« — Au boute-selle, vers minuit,
  « Je partis de Bohême...
« J'ai bien tardé... Tu vas, sans bruit,
  « Me suivre à l'instant même.
« — Daigne, ô Wilhelm, entrer, d'abord :
« L'églantier ploie au vent du nord...
  « Viens te réchauffer vite
  « Sur mon cœur qui t'invite !

« — Lass sausen durch den Hagedorn,
« Lass sausen, Kind, lass sausen !
« Der Rappe scharrt, es klirrt der Sporn :
« Ich darf allhier nicht hausen.
« Komm, schürze, spring und schwinge dich
« Auf meinen Rappen hinter mich !
« Muss heut noch hundert Meilen
« Mit dir ins Brautbett eilen.

« — Ach ! wolltest hundert Meilen noch
« Mich heut ins Brautbett tragen ?
« Und horch ! es brummt die Glocke noch,
« Die elf schon angeschlagen.
« — Sieh hin, sie her : der Mond scheint hell !
Wir und die Todten reiten schnell !
« Ich bringe dich zur Wette
« Noch heut ins Hochzeitbette.

« — Sag an, wo ist dein Kämmerlein ?
« Wo ? Wie dein Hochzeitbettchen ?
— Weit, weit von hier ; still, kühl und klein...
« Sechs Bretter und zwei Brettchen !
— Hat's Raum für mich ? — Für dich und mich !
« Komm, schürze, spring und schwinge dich !
« Die Hochzeitgäste hoffen ;
« Die Kammer steht uns offen. »

Schön Liebchen schürzte, sprang und schwang
Sich auf dass Ross behende ;
Wohl um den trauten Reiter schlang
Sie ihre Liljenhände.
Und hurre, hurre, hop, hop, hop !
Ging's fort in sausendem Galopp,
Dass Ross und Reiter schnoben
Und Kies und Funken stoben.

« — Ah ! laisse l'arbre du vallon
« Ployer sous les orages ;
« J'entends piaffer mon étalon :
« Je dois fuir ces parages !
« Alerte ! saute, élance-toi
« Sur mon cheval, derrière moi :
« Je veux aujourd'hui même
« T'épouser en Bohême !

« — Cent milles, quoi ! pour célébrer
« L'hymen ce soir encore,
« Quand onze fois vient de vibrer
« L'heure au beffroi sonore !...
« — Vois donc ! la lune est dans son plein...
« Nous et les morts allons bon train :
« Aujourd'hui je t'installe
« En couche maritale.

« — Et ton logis, en quel endroit ?
« Comment sont vos couchettes ?
« — Très loin d'ici, frais, calme, étroit...
« Six ais et deux planchettes...
« — Est-ce assez grand ? — Pour toi, pour moi !
« Alerte ! saute, élance-toi :
« La noce attend la fête
« Et notre chambre est prête. »

Lénore saute adroitement :
D'un bond elle est en selle ;
Son bras de lis étreint l'amant,
Pour qu'elle ne chancelle...
Puis, hourre, hourre, hop, hop, hop !
Commence un infernal galop...
Ils vont soufflant ; Rapp broie
Le sol, qui luit, poudroie !

Zur rechten und zur linken Hand,
  Vorbei an ihren Blicken,
Wie flogen Anger, Heid' und Land!
  Wie donnerten die Brücken!
« Graut Liebchen auch?... Der Mond scheint hell!
« Hurrah! die Todten reiten schnell!
  « Graut Liebchen auch vor Todten?
  « — Ach! nein. Doch lass die Todten! »

Was klang dort für Gesang und Klang?
  Was flatterten die Raben?
Horch, Glockenklang! Horch, Todtensang:
  « Lasst uns den Leib begraben! »
Und näher zog ein Leichenzug,
Der Sarg und Todtenbahre trug.
  Das Lied war zu vergleichen
  Dem Unkenruf in Teichen.

« Nach Mitternacht begrabt den Leib,
  « Mit Sang und Klang und Klage!
« Izt führ ich heim mein junges Weib:
  Mit, mit, zum Brautgelage!
« Komm, Küster, hier! Komm mit dem Chor,
« Und gurgle mir das Brautlied vor!
  « Komm, Pfaff, und sprich den Segen,
  « Eh wir zu Bett uns legen! »

Still Klang und Sang. Die Bahre schwand...
  Gehorsam seinem Rufen,
Kams, hurre, hurre! nachgerannt,
  Hart hinters Rappen Hufen.
Und immer weiter, hop, hop, hop!
Gings fort im sausendem Galopp,
  Dass Ross und Reiter schnoben
  Und Kies und Funken stoben.

A droite, à gauche, à leurs regards,
  S'envolaient dans l'espace
Champs, landes, prés, châteaux, hangars ;
  Tout pont gronde où Rapp passe...
« — La lune éclaire les halliers...
« Hourra ! les morts, quels cavaliers !
  « Crains-tu les morts, ma mie ?...
  « — Non ; mais n'en parle mie !... »

D'où viennent ces lugubres sons ?...
  Les corbeaux fuient leur aire...
Ecoute : un glas... des oraisons :
  « Portons le corps en terre ! »
Voici qu'un long cortège en deuil
S'avance avec barre et cercueil...
  Seuls, les crapauds des mares
  Ont de ces chants bizarres...

« — Jusqu'au matin veuillez surseoir
  « A glas, plainte, homélie :
« Car j'ai pris femme et veux ce soir
  « Vous offrir chère lie !
» Viens, chantre, entonne avec le chœur
« L'épithalame du vainqueur ;
  « Pasteur, bénis la couche
  « Avant que l'on s'y couche ! »

Plus de cercueil... ni chant ni glas !
  Mais, à sa voix docile,
Tout le cortège, pas à pas,
  Suit Rapp en serre-file...
Sans trêve aucune, et hop, hop, hop !
S'éloigne l'infernal galop...
  Ils vont soufflant ; Rapp broie
  Le sol, qui luit, poudroie !...

Wie flogen rechts, wie flogen links,
  Gebirge, Bäum' und Hecken!
Wie flogen links und rechts, und links,
  Die Dörfer, Städt' und Flecken!
« Graut Liebchen auch?... Der Mond scheint hell!
« Hurrah! die Todten reiten schnell!
  « Graut Liebchen auch vor Todten?
  « — Ach! lass sie ruhn, die Todten! »

Sieh da! sieh da! Am Hochgericht
  Tanzt' um des Rades Spindel,
Halb sichtbarlich bei Mondenlicht,
  Ein luftiges Gesindel:
« Sasa! Gesindel, hier! Komm hier!
« Gesindel, komm und folge mir!
  « Tanz uns den Hochzeitreigen,
  « Wenn wir zu Bette steigen! »

Und das Gesindel, husch, husch, husch,
  Kam hinten nachgeprasselt,
Wie Wirbelwind am Haselbusch
  Durch dürre Blätter rasselt.
Und weiter, weiter, hop, hop, hop!
Gings fort in sausendem Galopp,
  Dass Ross und Reiter schnoben,
  Und Kies und Funken stoben.

Wie flog, was rund der Mond beschien,
  Wie flog es in die Ferne!
Wie flogen oben über hin
  Der Himmel und die Sterne! —
« Graut Liebchen auch?... Der Mond scheint hell!
« Hurrah! die Todten reiten schnell!
  « Graut Liebchen auch vor Todten?
  « — O weh! Lass ruhn die Todten! »

A droite, à gauche, on voit passer
  Monts, arbres et bocages :
A gauche, à droite, il faut laisser
  Cités, hameaux, pacages...
« — La lune éclaire les halliers...
« Hourra ! les morts, quels cavaliers !
  « Crains-tu les morts, ma mie ?...
  « — Les morts !... N'en parle mie ! »

Voyez là-bas, près du carcan,
  Au clair de lune intense,
Des spectres dansent le cancan
  Autour de la potence...
« — Assez ! racaille ; par ici !
« Racaille, viens, suis-nous aussi
  « Et que ton branle louche
  « Entoure notre couche ! »

Et comme mus par l'aiguillon
  Les spectres font escorte ;
Ils bruissent tels qu'un tourbillon
  Passant sur l'herbe morte...
Et sans arrêt, et hop, hop, hop !
S'éloigne l'infernal galop :
  Ils vont soufflant ; Rapp broie
  Le sol, qui luit, poudroie !

Ah ! comme les guérets blafards
  S'envoiaient sur leur route ;
Là-haut, comme ils fuyaient épars,
  Les astres de la voûte !...
« — La lune éclaire les halliers...
« Hourra ! les morts, quels cavaliers !
  « Crains-tu les morts, ma mie ?
  « — Malheur !... N'en parle mie !... »

« Rapp! Rapp! mich dünkt, der Hahn schon ruft;
« Bald wird der Sand verrinnen.
« Rapp! Rapp! ich wittre Morgenluft!
« Rapp, tummle dich von hinnen!
« Vollbracht, vollbracht ist unser Lauf!
« Das Hochzeitbette thut sich auf!
« Die Todten reiten schnelle...
« Wir sind, wir sind zur Stelle! »

Rasch auf ein eisern Gitterthor
Gings mit verhängtem Zügel,
Mit schwanker Gert ein Schlag davor
Zersprengte Schloss und Riegel.
Die Flügel flogen klirrend auf!
Und über Gräber ging der Lauf.
Es blinken Leichensteine
Rundum im Mondenscheine.

Ha sieh! ha sieh! im Augenblick,
Huhu! ein grässlich Wunder!
Des Reiters Koller, Stück für Stück,
Fiel ab wie mürber Zunder.
Zum Schädel ohne Zopf und Schopf.
Zum nackten Schädel wird sein Kopf;
Sein Körper zum Gerippe,
Nebst Stundenglas und Hippe.

Hoch bäumte sich, wild schnob der Rapp',
Und sprühte Feuerfunken;
Und hui! war's hinter ihr hinab
Verschwunden und versunken.
Geheul, Geheul aus hoher Luft,
Gewinsel kam aus tiefer Gruft:
Lenorens Herz, mit Beben,
Rang zwischen Tod und Leben.

«--Rapp, Rapp, le coq chante au lointain;
 « Le sablier se vide...
« Rapp, Rapp, je sens l'air du matin :
 « Rapp, vole à toute bride!
« Nous sommes rendus; c'est l'instant;
« La couche nuptiale attend...
 « Les morts chevauchent vite :
 « Nous arrivons au gîte! »

Sur une grille, il fonce, prompt,
 Malgré barre et ferrure ;
D'un coup de sa cravache, il rompt
 Le pêne et la serrure...
Les deux battants se sont ouverts :
Rapp franchit croix et tertres verts...
 Partout la lune éclaire
 Un marbre tumulaire...

Voyez, voyez! c'est singulier...
 Horreur! quelle aventure :
L'équipement du cavalier
 Pend, tombe en pourriture!
En crâne vide, au poil rongé,
Le chef s'est brusquement changé;
 Le corps devient squelette
 Qu'un sablier complète!...

Lors Rapp se cabre et, s'ébrouant,
 Vomit flamme et fumée...
Soudain dans un tombeau béant
 Sa charge est abîmée...
Et l'air s'emplit de hurlements;
La fosse a des gémissements :
 Un cœur tremblant s'y brise
 Dans la suprême crise!

Nun tanzten wohl bei Mondenglanz,
Rundum herum im Kreise,
Die Geister einen Kettentanz
Und heulten diese Weise :
« Geduld, Geduld! Wenn's Herz auch bricht!
« Mit Gott im Himmel hadre nicht!
« Des Leibes bist du ledig;
« Gott sei der Seele gnädig! »

Au clair de lune alors surgit
  La ronde des ténèbres,
Et tout un chœur d'esprits rugit
  Ces mots lents et funèbres :
« — Résigne-toi jusqu'à la mort;
« N'accuse pas le Ciel à tort!...
  « Ta chair te quitte, ô femme!
  « Dieu soit clément à l'âme! »

TABLE

Pages.

Préface de M. L. de Fourcaud v

Le Chant de la Cloche 3

Avertissement sur *Lénore* 33

Lénore 37

(5241) Paris. — Imprimerie de la Bourse de Commerce
33, rue Jean-Jacques Rousseau.

www.ingramcontent.com/pod-product-compliance
Lightning Source LLC
LaVergne TN
LVHW012357220826
846092LV00002B/559

* 9 7 8 2 3 2 9 6 1 7 1 4 5 *